HÉSIODE ÉDITIONS

ARTHUR CONAN DOYLE

La Seconde Tache

Hésiode éditions

© Hésiode éditions.

1 rue Honoré - 93500 Pantin.
ISBN 978-2-38512-160-0
Dépôt légal : Janvier 2023

Impression Books on Demand GmbH

In de Tarpen 42
22848 Norderstedt, Allemagne

La Seconde Tache

J'avais l'intention bien arrêtée que l'aventure de l'abbaye de Grange fût le dernier des exploits de M. Sherlock Holmes que je communiquerais au public. Ce n'est pas le défaut de matériaux qui m'avait dicté cette résolution, car je possède des notes relatives à plusieurs centaines d'affaires auxquelles je n'ai jamais fait allusion. Je ne craignais pas davantage de lasser l'intérêt de mes lecteurs en leur faisant connaître le caractère surprenant et les méthodes uniques de ce personnage si remarquable. Le véritable motif était que M. Holmes éprouvait une invincible répugnance à voir se continuer la publication de ses expériences. Tant qu'il exerçait sa profession, la renommée de ses succès pouvait avoir pour lui quelque valeur pratique, mais, depuis qu'il a définitivement quitté Londres pour habiter les dunes du Sussex, où il se livre à ses études et à l'apiculture, toute réclame lui est devenue particulièrement désagréable. Il m'a donc prié de considérer désormais, à ce sujet, ses désirs comme des ordres. Cependant, après lui avoir affirmé que j'avais promis de raconter l'aventure de la seconde tache quand le moment serait venu, et lui avoir fait comprendre qu'il était indispensable que cette longue série de récits fût terminée par l'épisode soulevant la question internationale, la plus importante dont il eût jamais à s'occuper, j'arrivai enfin à lui arracher son consentement, à la condition, toutefois, de prendre toutes les précautions, afin d'éviter que les personnages réels fussent découverts. Si, au cours de ce récit, je reste parfois dans le vague, le public comprendra maintenant parfaitement la cause de mes réticences.

Ce fut donc un mardi matin de l'automne, d'une année dont je ne préciserai pas même la décade, que nous reçûmes, dans notre humble appartement de Baker Street, la visite de deux personnages dont la renommée était européenne. Le premier, au visage austère, au nez proéminent, au regard d'aigle, à l'aspect dominateur, n'était autre que l'illustre lord Bellinger, deux fois déjà premier ministre de la Grande-Bretagne. L'autre, aux cheveux bruns, au visage expressif, à la tenue élégante, encore jeune, paraissant doué de toutes les beautés du corps et de l'esprit, était le très honorable Trelawney Hope, secrétaire d'État pour les Affaires Européennes et l'homme politique qui donnait les plus belles espérances pour l'avenir. Ils s'assirent côte à côte sur notre canapé encombré de papiers et il fut facile, en voyant l'inquiétude et l'anxiété peintes sur leurs traits, de se rendre compte que c'était une affaire de la plus haute importance qui les avait amenés vers nous. Les mains maigres et sillonnées de veines bleues du premier ministre se contractaient sur la pomme d'ivoire de son parapluie et son visage ascétique se tournait tour à tour vers Holmes et moi-même. Le secrétaire d'État tordait nerveusement sa moustache d'une main et de l'autre jouait avec les breloques de sa chaîne de montre.

– Quand je me suis aperçu de cette perte, monsieur Holmes, il était huit heures, ce matin, et j'ai aussitôt prévenu le premier ministre. C'est lui qui m'a suggéré l'idée de venir vous trouver.

– En avez-vous informé la police ?

– Non, monsieur, dit le premier ministre avec sa vivacité bien connue, nous ne l'avons pas fait et il est impossible de s'adresser à elle, car ce serait rendre la chose publique et voilà ce que nous désirons particulièrement vivement éviter.

– Et pourquoi donc ?

– Parce que le document en question a une telle importance, que sa publication pourrait facilement – je dirai même selon toute probabilité – amener les complications européennes les plus graves. C'est là, voyez-vous, une question de paix ou de guerre ! Si l'on n'arrive pas à le découvrir avec le plus grand secret, il vaut mieux ne pas le retrouver, car le but que poursuivent ceux qui s'en sont emparés, c'est d'en publier le contenu.

– Je comprends. Et maintenant, monsieur Trelawney Hope, je vous serai très obligé si vous voulez bien me faire connaître très exactement les circonstances dans lesquelles ce document a disparu.

– Je le ferai en très peu de mots, monsieur Holmes ; la lettre – car c'est une lettre d'un chef d'État étranger, – a été reçue par nous il y a six jours. Je la trouvai tellement précieuse que je n'osai même pas la laisser dans mon coffre-fort et que, tous les soirs, je la rapportai à mon domicile, à Whitehall Terrace, où je l'enfermai dans un coffret fermé à clef, placé dans ma chambre à coucher. Elle s'y trouvait encore hier au soir, j'en suis absolument certain, car, en m'habillant pour le dîner, j'ai ouvert le coffret et le document était à l'intérieur. Ce matin, il avait disparu ! Le coffret resta posé toute la nuit à côté de la glace, sur la coiffeuse de ma chambre. J'ai le sommeil très léger, ainsi que ma femme, et nous pouvons jurer que personne n'a pénétré dans notre chambre pendant la nuit. Et, pourtant, je ne puis que vous le répéter, le document a disparu.

– À quelle heure avez-vous dîné ?

– À sept heures et demie.

– Combien de temps s'est-il passé avant votre coucher ?

– Ma femme était allée au théâtre et je l'avais attendue. Il était onze heures et demie quand nous sommes montés dans notre chambre.

– Le coffret est donc resté quatre heures sans être surveillé ?

– Personne ne s'est jamais permis d'entrer dans cette pièce, à part la femme de charge qui y va le matin, mon valet et la femme de chambre de ma femme qui peuvent y pénétrer le reste de la journée ; ce sont deux domestiques dans lesquels j'ai la plus entière confiance et qui sont à notre service depuis longtemps. De plus, ni l'un ni l'autre ne pouvaient soupçonner qu'il y avait dans ce coffret une lettre ayant plus de valeur que les papiers de mon ministère, que j'avais l'habitude d'y déposer.

– Qui pouvait connaître l'existence de cette lettre ?

– Personne de la maison.

– Mais votre femme devait savoir ?...

– Ma femme ne savait rien jusqu'au moment où je me suis aperçu de la disparition de cette lettre, ce matin : je ne lui en avais pas parlé.

Le premier ministre fit un signe d'approbation.

– Depuis longtemps je savais, monsieur, quel soin vous apportez aux affaires publiques, dit-il, et je suis persuadé que vous avez su conserver par devers vous un secret de cette importance.

Le secrétaire d'État salua.

– Vous ne me rendez que justice, dit-il. Jusqu'à ce matin, je n'ai jamais dit un mot à ma femme de cette affaire.

– Pourrait-elle l'avoir devinée ?

– Non, monsieur Holmes, ni elle, ni personne.

– Avez-vous jamais constaté la disparition d'autres documents ?

– Non, monsieur.

– Quelles sont, en Angleterre, les personnes qui connaissaient l'existence de cette lettre ?

– Tous les membres du Cabinet en ont été informés hier, mais la garantie du secret qui entoure chacune des réunions du Conseil a été encore augmentée par l'avertissement donné par le premier ministre sur la gravité de la pièce communiquée. Et penser que quelques heures après, je l'avais moi-même perdue !

Son visage se contracta sous l'empire du désespoir et ses mains se portèrent, crispées, à sa chevelure. Pendant un instant, nous pûmes nous rendre compte de sa nature impulsive et ardente, mais bientôt il avait repris son extérieur aristocratique et il continua d'une voix plus douce :

– À part les membres du Cabinet, il y a donc peut-être deux ou trois personnages officiels de mon ministère qui connaissent son existence. Personne autre, en Angleterre, ne peut la soupçonner, je vous l'assure, monsieur Holmes.

– Mais à l'étranger ?

– Je crois bien qu'à l'étranger personne n'a pu voir cette lettre, à part celui qui l'a écrite. Je suis persuadé que ni ses ministres… ni aucun personnage de son entourage officiel ne sont au courant.

Holmes réfléchit quelques instants.

– Je me vois dans l'obligation de vous demander de préciser la nature de ce document et comment cette disparition peut entraîner des conséquences si graves.

Les deux hommes d'État échangèrent un regard et le premier ministre fronça ses sourcils épais.

– L'enveloppe est longue, mince, bleu pâle. Elle est fermée d'un sceau en cire rouge, représentant un lion couché. L'adresse, tracée d'une écriture large et forte…

– Je crains bien, monsieur, dit Holmes, malgré ces détails intéressants et essentiels, d'être obligé d'approfondir davantage cette affaire. Que contenaît cette lettre ?

– C'est un secret d'État de la plus haute importance que je ne puis vous faire connaître, car je n'en vois nullement la nécessité. Si, à l'aide des facultés que vous possédez, au dire de tous, vous pouvez retrouver l'enveloppe que je vous ai décrite, avec son contenu, vous aurez bien mérité de votre patrie et vous aurez gagné toute récompense qu'il sera en notre pouvoir de vous donner.

Sherlock Holmes se leva en souriant.

– Vous êtes peut-être les deux personnages les plus occupés de ce pays, et moi, de mon côté, j'ai un grand nombre de clients qui ont recours à moi. J'ai donc le vif regret de ne pouvoir vous aider dans cette affaire. La continuation de cet entretien serait pour nous tous une pure perte de temps.

Le premier ministre bondit sur ses pieds. Dans ses yeux caves passa un regard de colère à faire trembler tout le cabinet.

– Je ne suis pas habitué, monsieur… commença-t-il.

Mais il maîtrisa sa colère et reprit son siège. Pendant un instant nous restâmes tous en silence ; enfin, le vieillard haussa les épaules.

– Nous sommes bien obligés d'accepter vos conditions, monsieur Holmes. Sans doute, vous avez raison, et il serait déraisonnable de notre part de penser que vous agiriez sans avoir notre entière confiance.

– Je suis absolument de votre avis, dit le secrétaire d'État.

– Alors je vous dirai tout, me fiant entièrement à votre honneur et à celui de votre collègue, le Dr Watson. Je fais aussi appel à votre patriotisme, car je ne puis prévoir, pour notre pays, un plus grand malheur que de voir cette affaire ébruitée.

– Vous pouvez avoir toute confiance en nous.

– Cette lettre provient d'un chef d'État qui a été froissé par les développements récents de nos colonies. Sous l'empire de cette préoccupation, il l'a écrite sans y réfléchir et sous sa propre responsabilité. Notre enquête a démontré que ses ministres n'étaient pas au courant de cette incartade. Les termes qui y sont employés sont si malheureux, certaines des phrases ont un caractère si provocant, que la publication du document amènerait, sans nul doute, une crise dans notre pays. Je n'hésite même pas à dire qu'une semaine après la publication de la lettre, une guerre terrible serait imminente.

Holmes écrivit un nom sur un bout de papier et le tendit au premier ministre.

– C'est bien lui ! C'est cette lettre, pouvant coûter plusieurs millions et des centaines de mille d'existences humaines, qui vient de disparaître d'une façon si inexplicable.

– En avez-vous informé celui qui l'a adressée ?

– Oui, monsieur, je lui ai adressé un télégramme chiffré.

– Peut-être désire-t-il la publication de cette cause ?

– Non, monsieur, nous avons de bonnes raisons de croire qu'il comprend déjà qu'il a agi sous l'influence du premier mouvement et, si cette lettre venait à être publiée, ce serait un coup encore plus rude pour lui-même et pour son pays.

– S'il en est ainsi, qui peut avoir intérêt à la faire connaître ? Dans quel but l'aurait-on volée pour la publier ensuite ?

– Nous entrons, voyez-vous, monsieur Holmes, dans une des questions les plus délicates de la politique internationale. Si vous examinez la situation de l'Europe, en ce moment, vous n'aurez aucune difficulté à vous rendre compte du mobile. L'Europe est comme un vaste camp retranché. Les alliances entre les différents pays ont à peu près égalisé les forces militaires. La Grande-Bretagne tient la balance ; si elle se trouvait dans la nécessité de déclarer la guerre à une des puissances alliées, elle assurerait, par là même, la suprématie des autres puissances confédérées, qu'elles prennent ou non part à la guerre. Vous me suivez bien ?

– Oui, très bien. Il est donc, n'est-il pas vrai, de l'intérêt des ennemis de ce chef d'État de se procurer cette lettre et de la publier, afin de provoquer une rupture entre cette puissance et la Grande-Bretagne ?

– C'est la vérité.

– Et à qui ce document serait-il envoyé s'il tombait entre les mains de ces ennemis ?

– À n'importe laquelle des grandes chancelleries de l'Europe. Sans doute, en ce moment même, on est en train de l'y apporter aussi rapidement que la vapeur peut le permettre.

M. Trelawney Hope inclina la tête et soupira profondément. Le premier ministre posa la main sur son épaule avec bonté.

– C'est un malheur, voyez-vous, mais personne ne peut vous adresser de blâme, car vous aviez pris toutes les précautions possibles.

– Maintenant, monsieur Holmes, vous connaissez les faits ; quel conseil nous donnez-vous ?

Holmes secoua tristement la tête.

– Vous pensez donc, dit-il, que si l'on ne retrouve pas ce document, ce sera la guerre ?

– C'est fort probable.

– Alors vous ferez bien de vous y préparer !

– Voilà qui est dur à entendre, monsieur Holmes !

– Examinez froidement la situation. Il est impossible d'admettre que ce document ait été soustrait après onze heures et demie de la nuit dernière, car, si j'ai bien compris, M. Hope et sa femme n'ont pas quitté la chambre depuis cette heure-là jusqu'au moment où la disparition de la lettre a été constatée. Elle a donc été enlevée hier au soir, entre sept heures et demie et onze heures et demie, probablement plus près de sept heures et demie que de onze heures et demie, car celui qui s'en est emparé savait où elle se trouvait et voulait l'avoir le plus tôt possible entre les mains. Si un document de cette importance a été volé à cette heure-là, où est-il maintenant ? Le voleur, n'ayant aucun motif pour le garder par devers lui, a dû le remettre immédiatement à celui qui pouvait l'utiliser. Quelle chance avons-nous maintenant de le retrouver ou même de découvrir une piste ?… Nous ne pouvons plus rien.

Le premier ministre quitta le canapé.

– Ce que vous dites là est très logique, monsieur Holmes. Je sens, en effet, que le résultat de cette affaire nous échappe.

– Admettons, pour la discussion, que la lettre ait été volée par la femme de chambre ou le valet…

— Ce sont de vieux et de loyaux serviteurs.

— Vous m'avez dit que votre chambre était située au deuxième étage, qu'elle ne communique pas avec l'extérieur et que de l'intérieur personne n'a pu y pénétrer sans être vu ; il est donc évident que c'est quelqu'un de la maison qui s'en est emparé. À qui le voleur a-t-il pu le remettre sinon à l'un de ces espions internationaux ou de ces agents secrets dont les noms me sont assez familiers ? Il y en a trois qui sont, pour ainsi dire, les chefs de l'espionnage. Je commencerai mes recherches et je m'assurerai si chacun d'eux est encore à Londres. Si l'un d'eux est absent, surtout s'il est parti depuis hier au soir, nous aurons une piste qui nous fera deviner à qui la lettre est destinée.

— Pourquoi serait-il parti ? demanda le secrétaire d'État. Il n'avait qu'à porter la lettre à quelque ambassade de Londres.

— Je ne le crois pas. Ces agents travaillent en toute indépendance et souvent leurs relations avec les ambassades ne sont pas très chaudes.

Le premier ministre fit un signe d'approbation.

— Je pense que vous avez raison, monsieur Holmes. Il n'aurait certainement pas remis à une ambassade un document d'une telle valeur. Votre plan est excellent. En attendant, Hope, il nous est impossible de négliger toutes nos occupations à cause de ce malheur. Si nous apprenons de nouveaux détails, nous vous les ferons connaître, monsieur Holmes, de même que vous nous tiendrez, sans doute, au courant des résultats de votre enquête.

Les deux hommes d'État saluèrent et sortirent gravement de l'appartement.

Après leur départ, Holmes alluma sa pipe en silence et resta quelque temps absorbé dans ses pensées. J'avais ouvert le journal du matin, et j'étais plongé dans la lecture d'un crime sensationnel commis à Londres la nuit précédente, quand, tout à coup, mon ami laissa échapper une exclamation, se leva vivement et posa sa pipe sur la cheminée.

– Oui, dit-il. Il n'y a pas d'autre moyen de prendre cette affaire. La situation est grave, mais n'est pas absolument désespérée. Même à cette heure, si nous pouvions être sûr quel est celui des trois qui a pu s'en emparer, il n'aura peut-être pas encore eu le temps de s'en dessaisir. Après tout, c'est une affaire d'argent avec ces sortes de personnages et j'ai à ma disposition les finances de l'Angleterre. Si la lettre est à vendre, je suis sûr de l'acheter quand même si l'impôt sur le revenu devait en être augmenté. Il est fort possible, d'ailleurs, que le personnage ait tenu à la conserver afin de s'assurer s'il ne pouvait pas, dans ce pays même, en retirer une certaine somme avant de s'adresser à l'étranger. Certainement, Oberstein, La Rothière et Eduardo Lucas sont seuls capables d'avoir tenté un coup aussi audacieux. Il faut que je les voie tous l'un après l'autre.

Je jetai un coup d'œil sur mon journal.

– Voulez-vous parler d'Eduardo Lucas, de Godolphin Street ?

– Précisément.

– Eh bien, vous ne le verrez pas !

– Pourquoi ?

– Parce qu'il a été assassiné chez lui, la nuit dernière.

Mon ami m'avait si souvent étonné, au cours de ses aventures, que je ressentis comme une sorte de triomphe de l'avoir étonné à mon tour. Il me regarda, ahuri, et m'arracha le journal des mains. Voici le paragraphe que je lisais quand il s'était levé de sa chaise :

Assassinat à Westminster.

« Un crime mystérieux a été commis la nuit dernière, au no 16 de Godolphin Street, un de ces vieux hôtels du xviiie siècle, qui se trouvent entre la Tamise et l'Abbaye, presque à l'angle du Palais du Parlement. Cette demeure élégante était habitée, depuis quelques années, par M. Eduardo Lucas, bien connu dans la société, tant à cause de ses charmes personnels que de sa réputation bien méritée de ténor amateur. M. Lucas était célibataire, âgé de trente-quatre ans. Il avait à son service une femme de charge d'un certain âge, Mrs. Pringle et un valet de chambre, le sieur Mitton. Celle-ci a l'habitude de se retirer de bonne heure dans sa chambre, située sous les combles. Le valet de chambre avait eu la soirée libre et l'avait passée à Hammersmith, chez un ami. M. Lucas se trouvait donc seul à partir de dix heures. Que se passa-t-il alors ? on n'a pu encore l'établir, mais à minuit moins un quart, le constable Barrett, descendant Godolphin Street, remarqua que la porte de la rue était entr'ouverte. Il frappa, mais ne reçut pas de réponse. Apercevant de la lumière dans une des pièces du rez-de-chaussée, il entra dans le vestibule et frappa de nouveau sans résultat. Il poussa donc résolument la porte de l'appartement et entra. La pièce était dans un désordre complet, le mobilier déplacé, une chaise à terre ; au milieu, à côté d'elle et tenant encore un des montants dans sa main, était étendu le malheureux locataire de l'hôtel. Il avait reçu un coup de poignard au cœur ; la mort avait dû être instantanée. L'arme qui avait servi au crime était un poignard indien recourbé, qui avait été enlevé à une panoplie d'armes orientales apposée sur l'un des murs. Le vol ne semble pas être le mobile du crime, car aucun des objets de valeur renfermés dans la pièce n'a été enlevé. M. Eduardo Lucas était si avantageusement connu et même si populaire que sa fin, aussi mystérieuse qu'infortunée, soulèvera une émotion douloureuse et une sympathie générale parmi ses nombreux amis. »

– Eh bien, Watson, que dites-vous de cela ? demanda Holmes après un silence.

– C'est là une coïncidence extraordinaire !

– Une coïncidence ! Comment, voici un des trois personnages que nous avons soupçonnés comme pouvant être les héros de la disparition d'un document inestimable et il meurt, assassiné au moment même où nous savons que ce drame se jouait ! Il y a vingt contre un à parier que ce n'est pas là une coïncidence. Non, voyez-vous, mon cher Watson, les deux événements ont un lien étroit ; il est impossible qu'il en soit autrement et c'est à nous à trouver le joint.

– Mais, maintenant, la police va être au courant de tout !

– Pas du tout. Ils ne connaîtront que ce qu'ils trouveront à Godolphin Street, mais rien de ce qui s'est passé à Whitehall Terrace. Nous seuls, connaissons les deux événements et pouvons, par conséquent, établir le rapport qui existe entre eux. Ce qui est certain, c'est que mes soupçons se seraient, tout d'abord, portés sur Lucas, car son hôtel est à quelques minutes seulement de Whitehall Terrace, tandis que les deux autres agents secrets dont j'ai parlé habitent l'extrémité ouest de Londres. Il lui était donc plus facile qu'à tout autre de recevoir un message venant de la demeure du secrétaire d'État aux Affaires européennes. C'est peut-être un détail, mais, quand les événements se précipitent en quelques heures, il peut être essentiel. Allons ! qu'est ceci ?

Mrs. Hudson venait de faire son apparition, portant, sur un plateau, une carte de visite, sur laquelle Holmes jeta un coup d'œil et qu'il me tendit d'un air étonné.

– Priez lady Hilda Trelawney Hope d'avoir la bonté de monter jusqu'ici, dit-il.

Un instant plus tard notre modeste appartement, qui avait été l'objet d'une visite aussi sensationnelle ce matin-là, était honoré de la présence de la plus belle femme de Londres. J'avais souvent entendu parler de la beauté de la plus jeune des filles du duc de Belminster, mais toutes les descriptions, toutes les photographies ne m'avaient nullement préparé au charme délicat et au teint merveilleux de cette tête exquise. Et pourtant, par ce matin d'automne, ce n'eût pas été sa beauté qui eût tout d'abord frappé le regard d'un observateur. Le coloris de ses joues était merveilleux, mais l'émotion l'avait pâli, les yeux avaient l'éclat que donne la fièvre, les lèvres sensuelles étaient contractées par l'effort qu'elle faisait pour garder son sang-froid. Nous remarquâmes surtout l'expression de terreur peinte sur les traits de cette belle femme quand elle apparut à nos regards dans l'entrebâillement de la porte.

– Mon mari est-il venu ici, monsieur Holmes ? demanda-t-elle.

– Oui, madame, il est venu.

– Je vous en supplie, monsieur Holmes, ne le prévenez pas de ma visite.

Holmes salua froidement et désigna un siège à la dame.

– Votre Seigneurie me place dans une situation fort délicate. Veuillez donc vous asseoir et me faire connaître le but de votre visite ; mais il m'est impossible de vous faire une promesse sans condition.

Elle traversa la pièce et s'assit, le dos à la fenêtre ; elle avait le port d'une reine, grande, gracieuse, féminine.

– Monsieur Holmes, dit-elle tandis que ses mains gantées de blanc se crispaient, je vous parlerai franchement, avec l'espoir que vous agirez de même envers moi. Il y a entre mon mari et moi une confiance absolue, sauf sur un point. Je veux parler des affaires politiques. Là-dessus ses lèvres sont scellées. Je suis actuellement au courant de l'incident déplorable qui s'est produit cette nuit à la maison. Je sais qu'un document a disparu, mais, sous prétexte que cette affaire a trait à la politique, mon mari refuse de rien me faire connaître. Et pourtant il est essentiel que je sache entièrement de quoi il s'agit. À part quelques hommes d'État, votre ami et vous êtes les seuls à connaître les faits. Je vous supplie donc de me dire ce qui est arrivé, et quels sont les résultats à envisager. Dites-moi tout, monsieur Holmes ; ne croyez pas que les intérêts de votre client vous obligent à garder le silence, car je vous assure qu'ils seraient mieux servis si j'avais sa confiance entière. Quelle est donc la nature du document volé ?

– Madame, ce que vous me demandez là est impossible !

Elle poussa un gémissement et se cacha le visage dans ses mains.

– Vous devez bien comprendre, madame, qu'il doit en être ainsi. Si votre mari a trouvé bon de garder vis-à-vis de vous le silence sur cette affaire, est-ce à moi, qui ai tout appris sous le sceau du secret professionnel, de vous dire ce qu'il a voulu vous laisser ignorer ? C'est impossible, c'est à lui seul que vous pouvez vous adresser.

– C'est ce que j'ai fait et ma dernière ressource m'a conduit vers vous. Sans me dire quelque chose d'absolument précis, monsieur Holmes, vous me rendriez un grand service si vous pouviez me fixer sur un point.

– Lequel, madame ?

– La carrière de mon mari peut-elle souffrir de cet incident ?

– Eh bien, madame, à moins que nous ne puissions y remédier, l'effet peut être désastreux.

– Ah ! dit-elle.

Et elle retint sa respiration comme une personne qui voit ses craintes justifiées.

— Encore une question, monsieur Holmes ? D'après une phrase que mon mari a laissé échapper sous l'empire du premier mouvement, j'ai compris que la perte de ce document pourrait causer des calamités publiques ?

— S'il vous l'a dit, je ne vous démentirai certes pas.

— Quelle pourrait en être la nature ?

— Hélas ! madame, je ne puis vous en dire davantage.

— Alors je n'abuserai plus de vos instants. Je ne puis vous blâmer, monsieur Holmes, d'avoir refusé de me parler franchement et je suis sûre que, de votre côté, vous n'aurez pas mauvaise opinion de moi, parce que j'ai désiré, même contre sa volonté, partager les soucis de mon mari. Encore une fois, je vous prie de ne pas lui parler de ma visite.

Elle se leva et nous jeta un dernier regard et sortit.

— Eh bien, Watson, le beau sexe est de votre ressort ! dit Holmes avec un sourire quand le bruit de la porte du vestibule se ferma, mettant fin à un délicieux frou-frou. Quelle partie joue cette belle dame ? Où veut-elle en venir ?

— Mais il me semble que sa déclaration est assez claire et son inquiétude bien naturelle !

— Hum ! Avez-vous remarqué son attitude, Watson, son agitation, sa ténacité à poser des questions ? Pourtant elle appartient à une caste qui ne montre pas à la légère ses émotions.

– Le fait est qu'elle était très émue.

– Rappelez-vous aussi l'ardeur avec laquelle elle a affirmé qu'il vaudrait mieux pour son mari qu'elle connût tous les détails de l'affaire. Que voulait-elle dire ? Avez-vous remarqué aussi comme elle a eu soin de se tenir le dos à la lumière ? elle ne voulait pas qu'on pût lire ses impressions sur son visage.

– Oui, elle a choisi la seule chaise de l'appartement.

– Et pourtant, les mobiles qui font agir les femmes sont si impénétrables. Vous rappelez-vous celle de Margate que j'ai soupçonnée pour le même motif ? Nous avons su plus tard qu'elle s'était ainsi assise parce qu'elle n'avait pas mis de poudre sur son nez. Comment bâtir une hypothèse sur le sable mouvant qui constitue l'imagination de la femme ? Leurs actions les plus banales pouvant se rapporter aux choses les plus graves, leurs actes les plus extraordinaires peuvent dépendre d'une épingle à cheveux ou d'un fer à friser. Allons, au revoir, Watson !

– Vous partez ?

– Oui, je vais passer la matinée à Godolphin Street avec nos vieux amis de la police. C'est là que je trouverai la solution de notre problème, bien que je n'aie pas encore la moindre idée de ce qui se passera. C'est une grande cause d'erreurs que de tabler à l'avance sur les faits. Restez ici, mon brave Watson, afin de recevoir les visites s'il en vient. Je rentrerai pour déjeuner si je le puis…

Pendant toute cette journée, celles du lendemain et du surlendemain, Holmes resta d'une humeur que ses amis n'eussent pas manqué de qualifier de taciturne et de morose. Il ne faisait qu'entrer et sortir, ne cessait pas de fumer, se mettait brusquement à jouer du violon pour retomber dans sa rêverie, mangeait quelques sandwichs aux heures les plus irrégulières et répondait à peine à mes questions. Il était évident que les choses n'allaient pas comme il voulait. Il tenait à garder le silence sur cette affaire. Ce fut seulement par les journaux que j'appris les détails de l'autopsie, puis l'arrestation et la mise en liberté de John Mitton, le valet de chambre de la victime. Le jury, présidé par le coroner, avait rendu un verdict d'assassinat, mais les assassins restaient introuvables. Le mobile du crime ne pouvait pas davantage être découvert. L'appartement était rempli d'objets de valeur qui n'avaient pas été touchés, les papiers de la victime n'avaient même pas été bouleversés. Ils furent examinés avec soin et l'on constata que M. Lucas étudiait beaucoup les questions de la politique internationale et se tenait au courant de tous les commérages ; c'était un linguiste remarquable, un correspondant infatigable. Il était dans les meilleurs termes avec plusieurs hommes politiques de divers pays étrangers. Cependant, parmi les documents qui remplissaient ses tiroirs, on n'avait découvert rien de sensationnel. Il semblait avoir des relations très mélangées, mais très superficielles, avec un certain nombre de femmes. Il comptait parmi elles beaucoup de connaissances, mais peu d'amies et aucune maîtresse. Ses habitudes étaient régulières, sa conduite ne donnait nulle prise à la critique. Dans ces conditions, la mort était un mystère et le resterait sans doute à jamais.

L'arrestation de son valet de chambre avait été opérée en désespoir de cause et pour que la police parût avoir fait quelque chose. Cependant, aucune charge n'avait été relevée contre lui. Il avait été cette nuit-là chez des amis à Hammersmith ; son alibi était indiscutable. Il est vrai qu'il avait quitté cette localité à une heure qui lui eût permis de revenir par le chemin de fer à Westminster avant celle du crime, mais sa déclaration qu'il avait fait à pied la moitié du chemin parut fort plausible, car la nuit avait été splendide. Il n'était arrivé qu'à minuit et avait paru bouleversé par le drame inattendu. Il avait toujours vécu dans les meilleurs termes avec son maître. On avait trouvé dans ses malles différents objets ayant appartenu à la victime et notamment un étui à rasoirs, mais il avait déclaré que c'étaient des cadeaux qui lui avaient été faits, et la femme de charge avait confirmé sa déclaration. Mitton se trouvait au service de Lucas depuis deux ans ; celui-ci ne l'avait jamais amené avec lui sur le continent ; quand il allait parfois passer trois mois à Paris, il laissait son domestique à Godolphin Street. La femme de charge, de son côté, n'avait rien entendu pendant la nuit du crime ; si son maître avait reçu ce soir-là une visite, il avait dû lui-même ouvrir la porte.

Pendant ces trois journées, le mystère resta impénétrable, tout au moins pour moi, qui me bornais à le suivre dans les journaux ; si Holmes avait appris quelque chose, il ne voulait pas m'en faire part. Cependant, quand il m'eut déclaré que l'inspecteur Lestrade l'avait pris comme confident, je compris qu'il suivait de très près cette affaire. Le quatrième jour arriva un long télégramme de Paris qui semblait résoudre toute la question.

« La police de Paris, annonçait le Daily Telegraph, vient de faire une découverte qui semble soulever le voile entourant la fin tragique de M. Eduardo Lucas, assassiné pendant la nuit de lundi dernier à Godolphin Street, Westminster. Nos lecteurs se rappellent que la victime fut trouvée poignardée dans son cabinet et que les soupçons se portèrent sur son valet qui put fournir un alibi. Hier, des domestiques d'une femme, connue sous le nom de Mme Henry Fournaye, habitant à Paris une petite villa dans la rue d'Austerlitz, avertirent la police qu'elle venait de donner des signes d'aliénation mentale. L'examen auquel il fut procédé démontra qu'elle était atteinte d'une démence particulièrement dangereuse. L'enquête de la police a établi que Mme Henry Fournaye rentrait mardi dernier d'un voyage à Londres, et qu'elle semblait avoir joué un rôle dans le crime de Westminster. Par la comparaison des photographies, il a été démontré d'une manière indiscutable que M. Henry Fournaye et Eduardo Lucas sont une seule et même personne et que celui-ci, pour un motif encore ignoré, menait à Paris et à Londres une existence en partie double. Mme Fournaye est d'origine créole et d'une nature très impressionnable ; depuis quelque temps, elle éprouvait contre son mari une jalousie touchant presque à la folie. On a donc supposé que c'était sous l'empire de ce sentiment qu'elle avait commis ce crime qui a causé à Londres une telle émotion. Il a été jusqu'ici impossible de suivre sa trace pendant la nuit de lundi, mais une femme correspondant à son signalement a vivement attiré l'attention le mardi matin à la gare de Charing-Cross par le désordre de sa toilette et la violence de ses gestes. Il est donc probable que le crime a été commis par elle sous l'empire de la folie, ou bien qu'il a eu pour effet immédiat de lui faire perdre la raison. Actuellement, elle est hors d'état de pouvoir raconter ce qui s'est passé, et les médecins ont peu d'espoir de la guérir. On a constaté qu'une femme répondant à son signalement a surveillé lundi soir pendant plusieurs heures la maison de Godolphin Street. »

– Que pensez-vous de cela, Holmes ? lui dis-je après avoir lu à haute voix, pendant le déjeuner, le compte rendu du journal.

– Mon cher Watson, dit-il en se levant de table et en marchant de long en large dans la pièce, vous avez une patience d'ange, mais si je ne vous ai rien dit depuis trois jours, c'est que je n'avais aucune nouvelle à vous apprendre, même à l'heure actuelle, ces renseignements de Paris ne nous sont pas d'un grand secours.

– En tout cas, cela résout le problème de la mort de cet homme.

– La mort de cet homme est un incident banal, comparé à la grandeur de notre tâche, qui est de retrouver ce document et d'éviter un conflit européen. La seule chose importante de ces trois derniers jours est que rien ne s'est produit. Heure par heure, ou à peu près, je reçois un rapport du gouvernement, et il est certain qu'en ce moment il n'y a aucun signe d'orage dans l'horizon européen. Il est très certain que si ce document était lâché… mais c'est impossible.

Cependant, si c'est impossible, où donc se trouve-t-il ? Qui le possède ? Pourquoi le retient-on ? Voilà la question qui me martelle le cerveau ! Est-ce une pure coïncidence que Lucas ait trouvé la mort la nuit même de la disparition de cette lettre ? l'a-t-il jamais eue en sa possession ? Si oui, pourquoi ne l'a-t-on pas trouvée parmi ses papiers ? La femme l'aurait-elle emportée avec elle ? dans ce cas, elle doit être chez elle à Paris. Mais comment y pénétrer sans éveiller les soupçons de la police de Paris ? Dans cette affaire, mon cher Watson, le concours de la justice est aussi dangereux pour nous qu'il l'est généralement pour les criminels. Tout est contre nous, et pourtant les intérêts en jeu sont immenses ! Si je réussis, ce sera le couronnement glorieux de ma carrière. Ah ! voici mes dernières nouvelles du champ de bataille !

Il regarda vivement un petit mot qu'on venait de lui remettre.

– Tiens ! Lestrade paraît avoir trouvé quelque chose d'intéressant. Mettez votre chapeau, Watson, et tout en nous promenant nous irons ensemble à Westminster.

C'était la première visite que je faisais au théâtre du crime. La maison était haute, étroite, sombre, massive comme le siècle même qui l'avait vu construire. Les yeux de bull-dog de Lestrade nous regardaient de la fenêtre du rez-de-chaussée. Il nous souhaita chaleureusement la bienvenue dès que le gros constable nous eut ouvert la porte. L'appartement dans lequel nous fûmes introduits était celui où le crime avait été commis ; on n'en trouvait d'autre trace qu'une tache sanglante sur le tapis occupant le milieu de la pièce au parquet superbe de vieux chêne. Au-dessus de la cheminée était appliquée une superbe panoplie composée d'armes dont une avait été enlevée pendant la nuit tragique. Auprès de la fenêtre était placé un bureau somptueux. Tous les détails de l'appartement, les tableaux, les tapis, les tentures, dénotaient un goût luxueux, presque efféminé.

– Avez-vous lu les nouvelles de Paris ? demanda Lestrade.

Holmes fit un signe affirmatif.

Nos amis de France semblent avoir trouvé la bonne piste et l'affaire a dû se passer comme ils le déclarent. La femme a sans doute frappé à la porte. La visite de sa femme a dû causer une vive surprise à Lucas qui avait soin de cacher les différents côtés de son existence. Il l'a certainement introduite, car il ne pouvait la laisser dans la rue ; elle lui aura fait connaître comment elle avait découvert sa piste, n'aura pas manqué de lui adresser des reproches et, de fil en aiguille, s'emparant du poignard si facile à saisir, elle a accompli le drame que nous connaissons. Tout cela n'a pas dû se passer en un instant, car toutes les chaises ont été portées de ce côté-ci, et il en tenait encore une dans la main, comme s'il eût essayé, en se défendant, de tenir sa femme à distance. L'affaire est aussi claire pour nous que si nous y avions assisté !

Holmes parut étonné.

– Pourtant, vous m'avez envoyé chercher ?

– Ah ! oui, mais pour une autre affaire, un détail bizarre… mais je ne sais combien vous les aimez… Cela n'a rien à faire avec le crime, il n'y a aucun rapport possible.

– Qu'est-ce que c'est ?

– Eh bien, vous savez qu'après un crime de ce genre nous avons grand soin de ne rien déplacer… c'est ce que nous avons fait comme toujours ; nous avons même laissé ici un agent pour surveiller nuit et jour. Ce matin, après l'inhumation et la clôture de l'enquête en ce qui touchait cet appartement, nous avons cru devoir y mettre un peu d'ordre. Ce tapis que vous voyez là n'est pas cloué, ainsi que vous pouvez vous en rendre compte, il est simplement posé sur le parquet. Nous avons eu occasion de le soulever et nous avons trouvé…

– Vous avez trouvé ?…

Le visage de Holmes respira la plus vive inquiétude.

– Je parie que vous ne le devinerez jamais. Vous voyez cette tache sur le tapis ; elle aurait dû le traverser, n'est-ce pas ?

– Sans nul doute.

– Eh bien, vous serez surpris de ne trouver aucune tache correspondante sur le parquet.

– Il n'y a aucune tache ? c'est impossible !

– Cela paraît impossible, mais ce n'en est pas moins réel.

Lestrade saisit un des coins du tapis dans la main et, en le retournant, il montra l'exactitude de ce qu'il avait affirmé.

– Mais pourtant, la tache a traversé le tapis, elle a dû forcément laisser une trace quelque part.

Lestrade parut ravi d'avoir pu étonner l'expert si fameux.

– Je vais vous en donner maintenant l'explication. Il y a bien une tache sur le parquet mais elle ne correspond pas avec celle du tapis. Voyez vous-même.

Tout en parlant, il releva un autre côté du tapis, et nous aperçûmes sur le parquet une autre grosse tache rouge.

– Que dites-vous de cela, monsieur Holmes ?

– Comment, mais c'est très simple. Les deux taches ont été évidemment à un moment superposées, mais le tapis a été changé de place. Comme il est carré et qu'il n'était pas cloué, c'était chose facile.

– La police officielle n'a pas besoin de vous pour être convaincue que le tapis a été déplacé, monsieur Holmes ; c'est une chose évidente, car les taches se superposent exactement si on les compare ; mais ce que je voudrais savoir, c'est qui l'a déplacé, et dans quel but.

Je vis au visage de Holmes combien son intérêt était excité.

– Voyons, Lestrade, dit-il. Est-ce l'agent qui se trouve dans le vestibule qui a été chargé de la surveillance pendant tout le temps ?

– Oui.

– Eh bien, suivez mon conseil. Interrogez-le avec soin en arrière de nous, nous vous attendons ici. Amenez-le dans la pièce de derrière ; il vous confessera plutôt ses torts quand vous serez seul avec lui. Demandez-lui comment il a osé laisser entrer quelqu'un et le laisser seul dans cet appartement. Ne lui demandez pas s'il l'a fait, mais laissez-lui entendre que vous en êtes sûr. Dites-lui que vous savez que quelqu'un est entré ici, pressez-le de questions, faites-lui connaître que le seul moyen d'obtenir son pardon est un aveu franc et loyal. Faites exactement ce que je vous dis.

– Pardieu, dit Lestrade, j'en aurai le fin mot !

Il sortit vivement et, quelques instants plus tard, nous entendions sa voix qui résonnait dans le vestibule.

– Allons ! Watson, s'écria Holmes très agité.

Toute l'énergie de cet homme se marquait sous ces paroles indifférentes. Tout à coup, il arracha le tapis et se mit à genoux, tâtant de ses mains chacune des lames du parquet. Une d'elles bascula sous son effort comme l'eût fait la couverture d'une boîte et nous laissa apercevoir une petite cavité. Holmes y plongea rapidement la main, mais la retira avec un grognement de colère et de désappointement. Elle était vide !

– Vite ! Watson, vite ! remettez tout en place !

Nous eûmes juste le temps de refermer la boîte et de replacer le tapis quand nous entendîmes la voix de Lestrade dans le vestibule. À son retour, Holmes s'appuyait négligemment contre la cheminée avec un air de patience résignée, dissimulant une forte envie de bâiller.

– Je suis désolé de vous faire attendre, monsieur Holmes. Je vois bien que cette affaire ne vous intéresse guère. Enfin, il a passé des aveux. Allons ! Venez ici, Mac Pherson, et racontez à ces messieurs votre conduite inexcusable.

Le gros agent rentra, il avait l'air très mortifié.

– Je ne croyais pas mal faire, monsieur, je vous assure, dit-il. La jeune femme s'est présentée ici hier au soir – elle s'est trompée de maison, m'a-t-elle affirmé. Nous avons bavardé ensemble ; ce n'est pas gai d'être de planton ici toute la journée.

– Et alors, qu'est-il arrivé ?

– Elle m'a demandé à voir où le crime a été commis. Elle l'avait, disait-elle, appris par les journaux. C'était une jeune femme très comme il faut, monsieur. Je n'ai vu aucun inconvénient à lui permettre de jeter un coup d'œil ici. Quand elle aperçut cette tache sur le tapis, elle tomba, s'évanouit et resta comme morte. Je courus aussitôt dans la cour chercher un peu d'eau pour la faire revenir, mais en vain. Alors j'allai jusqu'au coin de l'avenue, à l'auberge d'Ivy Plant, chercher du cognac. Quand je rentrai, je constatai qu'elle avait dû revenir à elle, car elle était partie, sans doute parce qu'elle se serait sentie gênée de se retrouver en face de moi.

– Qu'est-ce qui a déplacé le tapis ?

– Il avait quelque peu bougé quand je suis rentré, mais cela s'explique facilement par ce fait qu'elle était tombée dessus et que, n'étant pas cloué, il a pu se glisser sur le parquet ciré. Je l'ai ensuite replacé.

– Voilà qui vous démontre que vous ne pouvez tromper ma clairvoyance, agent Mac-Pherson ! dit Lestrade avec dignité. Vous pensez que votre faute ne serait jamais découverte, mais un simple coup d'œil sur ce tapis m'a démontré que quelqu'un était entré dans la pièce. C'est heureux pour vous, mon garçon, que rien n'y manque, car vous vous trouveriez dans de beaux draps ! Je suis désolé de vous avoir dérangé pour si peu de chose, monsieur Holmes, mais j'avais pensé que le défaut de concordance des deux taches vous intéresserait.

– Certainement, c'est très intéressant. Est-ce que cette femme n'est venue ici qu'une seule fois, dites-moi, l'agent ?

– Oui, monsieur, une seule fois.

– La connaissez-vous ?

– Je ne connais pas son nom, monsieur. Elle était venue répondre à une annonce demandant des dactylographes ; elle s'était trompée de numéro... C'était une jeune femme très gentille.

– Grande ? Belle ?

– Oui, monsieur, bien faite... oui, elle était jolie... Quelqu'un dirait même qu'elle était très belle. « Laissez-moi y jeter un coup d'œil, mon officier ! » me dit-elle. Elle avait, comme qui serait, des manières câlines et je ne pensai pas qu'il y eût grand mal à lui laisser passer la tête par la porte entrebâillée.

– Comment était-elle habillée ?

– D'une façon très simple… une longue mante qui lui descendait jusqu'aux pieds.

– Quelle heure était-il ?

– La nuit commençait à tomber. On allumait les becs de gaz quand je revenais de chercher le cognac.

– Très bien ! dit Holmes. Venez, Watson ! Je crois que nous avons par ailleurs du travail plus important.

Nous laissâmes Lestrade dans l'appartement, et le constable nous ouvrit la porte de la rue. Holmes se retourna sur le perron et lui montra un objet qu'il tenait entre ses doigts. L'agent parut étonné.

– Bonté divine ! s'écria-t-il.

Holmes posa un doigt sur ses lèvres, replongea sa main dans sa poche intérieure, et quand nous tournâmes le coin de la rue, il éclata de rire.

– Voilà qui va bien ! Allons, ami Watson ! le rideau se lève sur le dernier tableau. Vous serez sans doute heureux d'apprendre qu'il n'y aura pas de guerre, que la carrière du Très Honorable Trelawney Hope ne subira aucune entrave, que l'imprudent souverain ne recevra pas le châtiment mérité, que le premier ministre n'aura pas à envisager la possibilité de complications européennes, et que, avec un peu de tact de notre part, personne n'aura à souffrir de ce qui aurait pu devenir une formidable catastrophe.

Mon esprit se remplit d'admiration pour cet homme extraordinaire.

– Vous avez déchiffré l'énigme ? m'écriai-je.

– Pas tout à fait, Watson. Il y a certains détails qui sont encore obscurs, mais nous avons déjà découvert tant de points que ce serait extraordinaire si nous ne trouvions pas les autres. Nous allons nous rendre directement à Whitehall Terrace afin de hâter le dénouement.

Quand nous arrivâmes chez le secrétaire d'État, ce fut lady Trelawney Hope que Holmes demanda, et l'on nous fit entrer dans un petit salon.

– Monsieur Holmes ! s'écria-t-elle en entrant le visage rouge d'indignation. Voilà un acte indigne de votre part ! Ainsi que je vous l'avais expliqué, je vous avais demandé de garder le secret sur la visite que je vous avais faite, de crainte que mon mari ne vînt à croire que je désire connaître ses affaires. Et pourtant, vous ne craignez pas de me compromettre en venant ici, de façon à établir que nous nous connaissons.

– Malheureusement, madame, je ne pouvais agir autrement. J'ai été chargé de la mission de retrouver ce document si important et, dans ces conditions, je suis obligé de vous prier de vouloir bien me le remettre.

La jeune femme bondit de son siège, elle était devenue très pâle ; son regard se troubla et elle chancela comme si elle allait s'évanouir. Cependant, par un suprême effort, reprenant son sang-froid et paraissant en proie à la fois à l'indignation et à l'étonnement :

– Vous… vous m'insultez ! monsieur Holmes.

– Allons, allons, madame… tout ceci est inutile, donnez-moi la lettre.

Elle étendit la main sur un timbre.

– Je vais vous faire reconduire.

– Ne sonnez pas, lady Hilda ! Si vous le faites, tous mes efforts en vue d'éviter un scandale auront été faits en pure perte. Donnez-moi la lettre, et tout se terminera bien. Si vous voulez m'en donner les moyens, j'arrangerai tout ; si vous luttez contre moi, je me verrai dans l'obligation de vous démasquer.

Elle s'arrêta hésitante, avec son port de reine, ses yeux fixés sur mon ami comme si elle voulait lire au fond de son âme. Sa main était posée sur le timbre, mais elle ne sonna pas.

– Vous cherchez à m'effrayer, c'est lâche de votre part de venir chez elle intimider une femme. Vous dites que vous savez quelque chose, et quoi donc ?

– Asseyez-vous, je vous prie, madame. Si vous tombiez, vous pourriez vous faire mal. Je ne parlerai pas avant que vous soyez assise.

Elle s'assit.

– Je vous donne cinq minutes, monsieur Holmes.

– Une seule me suffit, lady Hilda. Je connais votre visite chez Eduardo Lucas, je sais que vous lui avez remis ce document, j'ai appris avec quelle habileté vous aviez pu, la nuit dernière, retourner dans l'appartement et vous emparer de la lettre placée dans la cachette sous le tapis.

Elle regarda Holmes, le visage livide. Elle respira longuement, à deux reprises, avant de répondre.

– Vous êtes fou, monsieur Holmes ! vous êtes fou ! dit-elle enfin.

Il sortit de sa poche un morceau de carton sur lequel se trouvait une tête de femme découpée d'une photographie.

– Je m'étais muni de votre photographie pensant qu'elle pourrait m'être utile, et l'agent de police l'a reconnue.

Elle eut un soupir convulsif et sa tête s'affaissa sur le dossier de son fauteuil.

– Allons, lady Hilda, vous avez la lettre. L'affaire peut être encore arrangée. Je n'ai pas le moindre désir de vous causer d'ennuis. Mon rôle sera terminé quand j'aurai remis à votre mari le document perdu. Suivez donc mes conseils et soyez franche envers moi. C'est votre seul moyen de salut !

Elle avait encore trop d'orgueil pour s'avouer vaincue.

– Je vous répète, monsieur Holmes, que vous êtes le jouet d'une horrible illusion.

Holmes se leva.

– Je suis désolé pour vous, lady Hilda. J'ai fait tout ce que j'ai pu. Je vois maintenant que mes efforts sont vains.

Il sonna et le majordome fit son apparition.

– M. Trelawney Hope est-il ici ?

– Non, monsieur, mais il y sera à une heure moins le quart.

Holmes regarda sa montre.

– Encore un quart d'heure, dit-il. C'est bien, j'attendrai.

Le majordome avait à peine fermé la porte derrière lui, que lady Hilda s'était jetée aux genoux de Holmes, les mains suppliantes, son beau visage noyé de larmes tourné vers lui :

– Oh ! épargnez-moi, monsieur Holmes ! épargnez-moi ! supplia-t-elle. Pour l'amour de Dieu, ne dites rien à mon mari. Je l'aime tant ! Toute sa vie en serait assombrie, votre récit lui briserait le cœur !

Holmes la releva.

– Je suis heureux, madame, que vous ayez, même si tardivement, recouvré votre bon sens. Il n'y a pas un instant à perdre ! Où est la lettre ?

Elle alla à son secrétaire, l'ouvrit et en retira une large enveloppe bleue.

– La voici, monsieur Holmes ! Plût à Dieu que je ne l'eusse jamais vue !

– Comment la lui rendre ? murmura Holmes. Il nous faut trouver rapidement un moyen. Où est son coffret ?

– Il est encore dans sa chambre.

– Quelle chance ! apportez-le-moi vite, madame !

Un instant après, elle revint avec le coffret.

– Comment aviez-vous pu l'ouvrir ? Vous aviez sans doute une double clef ? C'est évident ; ouvrez-le, maintenant !

Lady Hilda tira de son sein une petite clef et ouvrit le coffret bondé de papiers. Holmes déposa l'enveloppe bleue au milieu de ceux-ci entre les feuilles d'un autre document, referma la boîte et la fit remettre dans la chambre à coucher.

– Maintenant il peut revenir, nous sommes prêts ! s'écria-t-il. Nous avons même encore dix minutes. Je vais m'arranger pour qu'on ne puisse vous soupçonner, lady Hilda. En retour, vous allez passer les quelques instants qui nous restent à me raconter cette histoire extraordinaire.

– Je vous dirai tout, monsieur Holmes ! s'écria-t-elle. Je me ferais couper la main droite plutôt que de faire de la peine à mon mari. Il n'y a pas une femme à Londres qui aime son mari plus que moi. Et pourtant, s'il savait ce que j'ai été obligée de faire, jamais il ne me pardonnerait ! Il a le sentiment de l'honneur à un si haut degré qu'il ne pourrait excuser une faute commise. Aidez-moi, monsieur Holmes, mon bonheur et le sien, notre vie même sont en jeu !

– Hâtez-vous, madame, car le temps presse !

– Jadis, avant mon mariage, j'avais écrit une lettre un peu ardente… c'était une folie de jeune fille confiante et aimante… Je ne croyais pas mal faire, mais lui l'aurait trouvée criminelle. S'il avait lu cette lettre, sa confiance eût été à jamais détruite. Voilà des années de cela !… Je croyais que tout était oublié. Enfin, j'appris que Lucas l'avait en sa possession et qu'il voulait la donner à mon mari. J'implorai sa pitié et il me promit de me la rendre si je pouvais lui apporter un certain document qu'il me décrivit et qui se trouvait dans le coffret. Il avait su son existence par quelque espion des bureaux du ministère. Il m'assura qu'en aucune façon mon acte ne pourrait faire de tort à mon mari. Mettez-vous à ma place, monsieur Holmes, que pouvais-je faire ?

– Tout avouer à votre mari.

– C'était impossible, monsieur Holmes ! D'un côté, je sentais la ruine certaine ; de l'autre, bien qu'il me semblât abominable de prendre un document, je ne pouvais en comprendre les conséquences politiques. J'obéis, monsieur Holmes, je réussis à prendre l'empreinte de la clé, et c'est Lucas lui-même qui en fit fabriquer une fausse. J'ouvris donc le coffret, pris le document et l'apportai à Godolphin Street.

– Que se produisit-il là-bas ?

– Je frappai à la porte comme il était convenu. Lucas m'ouvrit lui-même. Je le suivis dans son cabinet, laissant la porte du vestibule entr'ouverte, craignant de rester seule avec cet homme. Je me rappelle qu'au moment où je pénétrai j'aperçus une femme au dehors. Notre affaire fut vite réglée. Ma lettre se trouvait sur son bureau, je lui tendis le document et il me la remit. Au même instant, nous entendîmes un bruit à la porte suivi de pas dans le vestibule. Lucas retourna vivement le tapis, posa le document dans une cachette qui se trouvait dessous et le replaça. Ce qui se produisit ensuite me parut un horrible cauchemar. J'ai la vision d'avoir aperçu une figure sombre et forcenée, d'avoir entendu une voix de femme crier en français : « Je ne me suis pas trompée. Enfin, enfin, je vous trouve avec elle ! » J'entrevis ensuite une lutte sauvage. L'homme avait une chaise à la main ; entre celles de la femme brillait un poignard. Je m'enfuis hors de la maison, terrifiée, et ce fut seulement le lendemain, par les journaux, que j'appris l'horrible dénouement. J'avais passé une nuit heureuse, car j'avais repris ma lettre, et je ne prévoyais pas ce que l'avenir me réservait. Ce fut le lendemain matin que je me rendis compte que mon inquiétude n'avait fait que changer d'objet. L'épouvante de mon mari, quand il constata la disparition du document, m'alla droit au cœur et j'eus peine à me retenir de me jeter à ses genoux et de tout avouer. La crainte d'être obligée de confesser tout le passé me retint et je vins vous voir ce matin-là pour connaître l'étendue de ma faute. À partir de cet instant, je n'avais plus qu'une idée, celle de retrouver la lettre perdue. Elle devait encore être là où Lucas l'avait mise, car il l'avait cachée avant que la femme entrât dans la pièce et, sans son arrivée soudaine, je n'aurais jamais connu l'existence de sa cachette. Comment pouvais-je entrer dans l'appartement ? Pendant deux jours, je surveillai la maison, mais je ne vis pas une seule fois la porte ouverte. Hier au soir, je fis une dernière tentative. Vous savez comment j'ai réussi. Je rapportai le document, songeant à le détruire pour ne pas avouer ma faute à mon mari. Ciel ! j'entends son pas dans l'escalier.

Le secrétaire d'État entra vivement dans le petit salon.

– Avez-vous des nouvelles, monsieur Holmes ?

– J'ai quelque espoir.

– Ah ! Dieu soit loué !

Son visage devint radieux.

– Le premier ministre déjeune chez moi. Puisse-t-il partager vos espérances ! Il a des nerfs d'acier et pourtant, je sais qu'il a à peine dormi depuis le terrible événement. Jacobs priez M. le premier ministre de monter. Quant à vous, ma chère amie, nous vous rejoindrons tout à l'heure dans la salle à manger, car nous avons à traiter des affaires politiques.

Les manières du premier ministre étaient plus calmes, mais, à l'éclair de ses yeux et au tremblement de ses mains, je compris qu'il partageait l'agitation de son jeune collègue.

– Je vois bien que vous avez quelque chose à nous dire, monsieur Holmes.

– Les résultats sont négatifs jusqu'à présent, répondit mon ami, mais j'ai fait une enquête partout où le document pouvait se trouver et je suis sûr qu'il n'y a aucun danger à redouter.

– Cela ne suffit pas ! Il est impossible de vivre sur un tel volcan ! Il faut obtenir quelque chose de plus positif.

– J'ai grand espoir d'y arriver et c'est pourquoi je suis ici. Plus je pense à cette affaire et plus je suis convaincu que la lettre n'a jamais quitté la maison.

– Monsieur Holmes !

– Si elle avait été réellement volée, à l'heure actuelle, elle serait devenue publique.

– Et pourquoi l'aurait-on prise pour la garder ici ?

– Je ne suis nullement convaincu qu'on l'ait prise.

– Alors, comment est-elle disparue du coffret ?

– Je ne suis pas convaincu qu'elle en soit disparue.

– Monsieur Holmes, c'est là une plaisanterie déplacée ; vous avez ma parole qu'elle ne s'y trouve plus.

– Avez-vous examiné le coffret depuis mardi matin ?

– Non, car c'était absolument inutile.

– Peut-être, sous l'empire de votre préoccupation ne l'avez-vous pas remarquée au cours de vos recherches ?

– C'est impossible.

– Je n'en suis pas convaincu, ce sont des choses qui arrivent quelquefois. Vous avez bien d'autres papiers dans ce coffret, la lettre a pu glisser dans l'un d'eux.

– Je l'avais placée sur le dessus.

– Le coffret ayant été secoué a pu déplacer le document.

– Non, non, j'ai tout sorti.

– Voyons, c'est facile à vérifier, Hope, dit le premier ministre, faites apporter le coffret et nous verrons.

Le secrétaire d'État sonna.

– Jacobs, descendez-moi mon coffret. C'est une pure perte de temps, mais je tiens à vous convaincre… Allons, merci, Jacobs, posez-le ici… Je porte constamment la clef pendue à ma chaîne de montre… Voici les papiers, voyez-vous ! Une lettre de lord Merrow, un rapport de sir Charles Hardy, un mémorandum de Belgrade, une note des impôts sur les grains en Russie et en Allemagne, une lettre de Madrid, une note de lord Flowers… Grand Dieu ! qu'est-ce ceci ?… Lord Bellinger !

Le premier ministre lui arracha l'enveloppe qu'il tenait à la main.

– C'est bien elle… intacte ! Je vous félicite, mon cher Hope !

– Merci ! merci ; quel poids de moins ! Mais c'est inconcevable… Vous êtes un sorcier, monsieur Holmes ! Comment avez-vous pu deviner qu'elle était là ?

– Parce que j'avais établi qu'elle ne pouvait être ailleurs.

– Je ne puis en croire mes yeux ! dit-il, et courant vers la porte : Où est ma femme ? Il faut que je la rassure : Hilda ! Hilda !

Nous entendîmes sa voix dans l'escalier. Le premier ministre lança sur Holmes un regard perçant.

– Voyons, monsieur, dit-il, il y a quelque chose de caché là-dessous. Comment la lettre s'est-elle retrouvée dans le coffret ?

Holmes se détourna en souriant pour éviter son regard pénétrant.

– Nous aussi, nous avons nos secrets diplomatiques, dit-il.

Et, prenant son chapeau, il se dirigea vers la porte.